westermann

Gemeinschaftskunde
Rechtserziehung

Oberschule Sachsen

W0185570

DEMOKRATIE HEUTE

9 ARBEITSHEFT

Autorinnen
Melanie Eßer
Dr. Alexandra Faust

Demokratie heute
Gemeinschaftskunde/Rechtserziehung
Oberschule Sachsen
Klassenstufe 9
Arbeitsheft

Autorinnen:
Melanie Eßer, Dr. Alexandra Faust

Mit Beiträgen von:
Wera Barth, Heinz-Ulrich Wolf

Hinweis für die Lehrkraft:
Hinweise zur Bearbeitung der Aufgaben in diesem Arbeitsheft finden sich hier:
BiBox – Das digitale Unterrichtssystem, Lizenzen für Lehrer/-innen

Bildquellenverzeichnis:
|Baaske Cartoons, Müllheim: Mester, Gerhard 7.1, 19.3. |Bleckwedel, Asja, Kaltenkirchen: 29.1. |Erl, Martin, Ingolstadt: toonpool.com/artists/Erl_64 9.1. |Europäische Kommission, Brussels: 47.1. |fotolia.com, New York: Andrey Popov 13.4; Eppele, Klaus 13.3; Jan-Dirk; Carl Frederik Reuterswärd © VG Bild-Kunst, Bonn 2021 36.2. |iStockphoto.com, Calgary: BirgitKorber Titel; bizoo_n Titel; ViewApart 27.1. |Krejcova, Katerina, Chemnitz: slang.me 48.1. |laif, Köln: Sasse 41.1. |Langner & Partner Werbeagentur GmbH, Hemmingen: 17.1. |NABU Naturschutzbund Deutschland e.V., Berlin: 30.1. |Picture-Alliance GmbH, Frankfurt a.M.: dpa-infografik 35.1, 37.1; dpa-infografik GmbH 39.1; dpa/Baxter, Will 36.3; dpa/Hoppe, Sven 16.1; dpa/Park, Nicky 43.1; HMB Media/Becker, Heiko 27.2; Maurizio Gambarini 36.1; Steinach, Sascha 36.4; www.picturedesk.com/Herrgott, Ricardo 41.2. |Sächsisches Staatsministerium für Wirtschaft, Arbeit und Verkehr - Verwaltungsbehörde ESF, Dresden: 48.4; LaSuV 48.3; Seidel, Anja 48.2. |Shutterstock.com, New York: dani daniar 41.3; Ivan, Zdan 28.1; Shugushev, Ruslan 43.2; Svetocheck 46.1. |stock.adobe.com, Dublin: AKhodi 13.2; Bill 21.1; Cortadellas, Aleix 13.5; ewolff 13.1; Malinowski, Thorsten 32.1. |Tomicek/www.tomicek.de, Werl: 19.1. |Wiedenroth, Götz/www.wiedenroth-karikatur.de, Flensburg: 19.2.

westermann GRUPPE

Druck A[2] / Jahr 2022
Alle Drucke der Serie A sind im Unterricht parallel verwendbar.

Redaktion: Martin H. Bredol, Seeheim-Jugenheim
Umschlaggestaltung/Layout: LIO Design GmbH, Braunschweig
Druck und Bindung: Westermann Druck GmbH, Georg-Westermann-Allee 66, 38104 Braunschweig

ISBN 978-3-14-**101440**-2

Inhaltsverzeichnis

Entscheidungsprozesse und politische Ordnung

Leben in einem Rechtsstaat

Zusammenleben in einer Welt

Wahlbereiche

Formen der Herrschaft (SB 14–15)

1 Vervollständige den Lückentext mit den Begriffen aus dem Kasten.

freie – Freiheit – gebildet – Geburt – Gesetze – Gesetzgebung – geteilt – Herrschaftslosigkeit – König – niemand – Regierung – uneingeschränkte – Verfassung – vertreten – Volk – Vornehmsten

In einer **Demokratie** bestimmt das (1) ______________________. Es gibt unterschiedliche Parteien und Personen, die durch Wahlen den Auftrag erhalten, die Interessen des Volkes zu (2) ______________________ und Entscheidungen zu treffen. Diese Herrschaftsform ermöglicht, dass Interessen vieler Menschen berücksichtigt werden.

Die **Diktatur** ist der schärfste Gegensatz einer Demokratie. Die Macht im Staat ist nicht (3) ______________________. Sie liegt allein bei einer Person oder einer kleinen Gruppe von Menschen, die dieser Person mit absolutem Gehorsam folgt. Nur sie bestimmen, was die Polizei und alle anderen im Staat tun sollen und dürfen. (4) ______________________ Wahlen gibt es nicht. Die Person an der Spitze, der Diktator, kann nicht abgewählt werden. Menschen, die eine andere (5) ______________________ wollen, werden verfolgt. In Diktaturen werden die Menschenrechte nicht geachtet und Kritiker werden unterdrückt. In Deutschland gab es von 1933 bis 1945 eine Diktatur. Die Nationalsozialisten und ihr Führer Adolf Hitler hatten die (6) ______________________ Macht.

Die **absolute Monarchie**, mit einem (7) ______________________ oder Sultan an der Spitze, ist ebenfalls eine Alleinherrschaft. Es herrscht nur ein einzelner Mensch über das gesamte Land und dieser kann ganz allein Gesetze beschließen. Meist wird der Monarch durch die Erbfolge, also durch die (8) ______________________, zum Herrscher. In früheren Zeiten gab es viele absolute Monarchien. Der wohl berühmteste Monarch war Ludwig XIV., der im 17. Jahrhundert herrschte und als Sonnenkönig bekannt ist.

In einer **konstitutionellen Monarchie** gibt es zwar auch einen König oder eine Königin, aber die (9) ______________________ ______________________ liegt ausschließlich in der Verantwortung gewählter Volksvertretungen, den Parlamenten. Zudem gibt es eine (10) ______________________, in der die Stellung und die Aufgaben des Königs/der Königin klar definiert sind. In einer konstitutionellen Monarchie sind Könige vor allem Repräsentanten ihres Staates bei offiziellen Anlässen.

Der Ausdruck **Aristokratie** stammt aus dem Griechischen und heißt übersetzt „Herrschaft der (11) ______________________“. In einer Aristokratie hat nur eine bestimmte Gruppe der Gesellschaft die Macht. Das können Menschen sein, die beispielsweise über besonderen Reichtum verfügen, deren Familien dem Adel angehören oder die sehr (12) ______________________ sind.

Das Wort **Anarchie** stammt ebenfalls aus dem Griechischen und bedeutet so viel wie (13) „______________________“. In einer Anarchie hat (14) ______________________ das Sagen. Alle dürfen das tun, was sie wollen oder für richtig halten. Das angestrebte Ziel von Anarchie ist die absolute (15) ______________________ und Selbstbestimmtheit für alle Menschen. Es soll keinerlei staatliche Gewalt und auch keine verbindlichen (16) ______________________ geben.

2 Ergänze mithilfe von M 1 auf Seite 14 die Kurzdefinitionen der unterschiedlichen Herrschaftsformen.

a) Diktatur = ______________________ herrscht über ______________________.

b Absolute Monarchie = ______________________ herrscht über ______________________.

c) Aristokratie = ______________________ herrschen über ______________________.

d) Demokratie = ______________________ herrschen über ______________________.

e) Anarchie = ______________________ herrscht.

Die Verfassungsprinzipien nach Artikel 20 GG (SB 16)

1 Hier werden sieben Begriffe aus dem Artikel 20 GG erklärt. Stelle die gesuchten Begriffe aus den Silben im Kasten zusammen und notiere sie. Streiche die Silben durch, die du verwendet hast.

> al – blik – de – der – gan – Ge – kra – mo – nung – Or – Ord – Re – pu – so – stand – tisch – walt – Wi – zi

① Dieses Adjektiv bedeutet im politischen Kontext „die Gesellschaft betreffend“. Im Alltag verwendet man es auch im Sinne von „freundlich“ oder „hilfsbereit“. ______________________

② Dieses Substantiv bedeutet, dass etwas nach einem bestimmten Plan oder Muster aufgebaut ist und alles seinen festen Platz hat. ______________________

③ Dieses Wort verwendet man, wenn Menschen sich gegen jemanden oder etwas auflehnen, sich zur Wehr setzen oder kämpfen. ______________________

④ Dieses Adjektiv verwendet man um auszudrücken, dass eine Staatsordnung vom Volk getragen wird und freiheitlich ausgerichtet ist. Der Gegensatz ist diktatorisch. ______________________

⑤ Im Alltag verbindet man mit diesem Begriff meist Prügeleien oder andere Angriffe. Im politischen Kontext ist mit diesem Begriff aber die Macht oder die Befugnis gemeint, über Menschen zu bestimmen, beziehungsweise sie zu regieren. ______________________

⑥ Dieses Wort ist Bestandteil unserer Staatsbezeichnung. Es wird für eine Staatsform verwendet, bei der die oberste Gewalt durch Personen ausgeübt wird, die für einen begrenzte Zeit vom Volk dazu gewählt werden. ______________________

⑦ Diesen Begriff kennt man auch aus der Biologie. Im politischen Kontext ist damit eine Institution oder ein Gremium mit festen Aufgaben gemeint. ______________________

Demokratie heißt Gewaltenteilung

Legislative (gesetzgebende Gewalt)	**Exekutive** (vollziehende Gewalt)	**Judikative** (rechtsprechende Gewalt)

Bundestag Bundesrat	Bundeskanzler, Minister, Bundesregierung	Bundesverfassungsgericht Oberste Gerichtshöfe
Parlamente der Länder	Länderregierungen	Gerichte der Länder
© Westermann	Polizei, Ämter und Behörden des Bundes und der Länder	39079EX_1

Damit die staatliche Macht nicht missbraucht werden kann, schreibt das Grundgesetz im Artikel 20 die Gewaltenteilung vor. Die drei Gewalten kontrollieren sich gegenseitig, sodass Machtmissbrauch verhindert wird.

2 Erkläre, wer die drei Gewalten jeweils übernimmt und was die dazugehörigen Aufgaben sind.

____

____

____

____

____

____

Rund um das Demokratieprinzip (SB 18)

1 Finde anhand der Beschreibungen die gesuchten Begriffe und trage sie ein.

Waagerecht

2 So nennt man vom Staat festgelegte, rechtlich bindende Vorschriften.

3 Fachbegriff für eine gewählte Volksvertretung

5 Diese Personen vertreten die Interessen der Bürgerinnen und Bürger im Parlament.

7 anderes Wort für die Abstimmungen über die Zusammensetzung von Parlamenten und anderer Gremien

10 Die politischen Vertreter sollen gesellschaftliche Probleme im … der Bürgerinnen und Bürger bearbeiten.

11 Volksentscheide und Volksabstimmungen Beispiele für … Elemente.

13 Das Parlament des Freistaats Sachsen ist der Sächsische … .

Senkrecht

1 Unsere Demokratie basiert auf dem Grundsatz: „Alle … geht vom Volke aus."

4 Dieses Land gilt als Geburtsland der Demokratie.

6 Die demokratische Herrschaftsform ist im Artikel … unseres Grundgesetzes festgeschrieben.

8 Das Wort Demokratie bedeutet übersetzt so viel wie „ … des Volkes".

9 Eine andere Bezeichnung für indirekte Demokratie lautet … Demokratie.

12 In einer Demokratie gilt das Prinzip, dass Entscheidungen von der … getroffen werden.

Das Bundesstaatsprinzip (SB 22)

Der Föderalismus ist als Ordnungsprinzip nicht unumstritten. Kritiker beklagen, dass die Zusammenarbeit zwischen Bund und Ländern nicht gut geregelt ist und fordern eine Neuordnung oder gar eine Abschaffung des Föderalismus.

1 Markiere alle Aussagen, die sich für den Föderalismus aussprechen mit einem Plus (+) und die Aussagen gegen Föderalismus mit einem Minus (–).

① Nicht jedes Bundesland ist wie das andere! Der Föderalismus ermöglicht differenzierte Antworten auf die jeweiligen Problemfragen und Herausforderungen.	☐
② Insbesondere in Krisenzeiten müssen oft schnelle Entscheidungen her. Wenn man da immer auf den Bund warten muss, ist das viel zu zeitraubend!	☐
③ Die unterschiedlichen Regelungen der Bundesländer während der Coronapandemie haben doch gezeigt, wohin die unterschiedlichen Zuständigkeiten führen können – zu einem undurchschaubaren Durcheinander an Vorschriften, einem Flickenteppich.	☐
④ Föderalismus bedeutet doch nicht, dass Bund und Länder nicht gut zusammenarbeiten!	☐
⑤ Für alle Bürger sollten überall die gleichen Regelungen gelten!	☐
⑥ Machtverteilung schützt vor Machtmissbrauch!	☐
⑦ Föderalismus bedeutet, dass Länder miteinander im Wettbewerb stehen. Dadurch geben sie ihr Bestes.	☐
⑧ Insbesondere der Bildungsföderalismus führt zu ungleichen Lebenschancen.	☐

2 Führt eine Pro-Kontra-Diskussion zu der Frage „Soll der Föderalismus abgeschafft werden?“ durch.

3 Werte die Karikatur aus.

Zeichnung: Gerhard Mester

Partizipationsformen (SB 24–25)

1 Ordne den auf Seite 25 aufgeführten Formen der Partizipation A – T folgende Schlagzeilen zu. Trage dazu jeweils den passenden Buchstaben in das Kästchen ein.

○ **Schreiben für die Freiheit!**
Briefmarathon von Amnesty International beginnt

○ **Sitzblockade gegen Braunkohle**
Fahrzeuge des Tagebaubetreibers kommen mit Verspätung an

○ **Ruhe statt Lärm!**
Interessengemeinschaft Harthausen übergibt Unterschriften

○ **Briefwahl immer beliebter!**
Tausende Wahlberechtigte weichen auf Briefwahl aus

○ **Mehr Urlaub für Eltern in der Pandemie?**
Gewerkschaft fordert zusätzliche Urlaubstage für Mitarbeiter in Industrie und Handwerk

○ **Trend zu Bioprodukten hält an**
Verbraucher kaufen gezielt regionale Produkte

○ **Autokorso in Pforzheim**
Staus und Hupen gegen die Politik

○ **Wanted: Einsatzkräfte**
Nachwuchs im Katastrophenschutz gesucht

○ **Herausforderung digitales Lernen**
Schülervertretungen fordern schnelles Handeln

○ **Im Dialog mit Kandidaten zur Landtagswahl**
Jugendliche formulieren Anliegen und erhalten Einblicke in den politischen Alltag

2 Beschreibe mithilfe der Schulbuchseiten 24 und 25 und der Wortwolke, was politische Partizipation bedeutet.

Wahlrechtsgrundsätze (SB 28–29)

1 In den folgenden Situationen wird gegen Wahlrechtsgrundsätze verstoßen. Nenne den betreffenden Grundsatz und erkläre den jeweiligen Verstoß.

Ereignis	Grundsatz und Erklärung des Verstoßes
1) Der Bürgermeister Herr P. versteht besonders viel von Politik und daher zählt seine Stimme dreifach.	
2) Frau D. ist Mitglied des Wahlvorstands und sehr neugierig. Sie schaut sich jeden Wahlzettel an, bevor sie ihn in die Wahlurne wirft.	
3) Die Einwohner von Gornsdorf wählen vertrauenswürdige Wahlmänner, die anschließend den Gemeinderat wählen.	
4) Um zur Wahl zugelassen zu werden, muss man auf seinem letzten Zeugnis mindestens eine 4 im Fach Sozialkunde vorweisen können.	
5) Bauunternehmerin S. verspricht jedem ihrer Angestellten eine Bonuszahlung, wenn sie bei der Wahl die Partei OKAY wählen.	
6) Herr Z. ist bereits zweimal zu Gefängnisstrafen verurteilt worden. Er darf deshalb nicht mehr wählen.	
7) Die Familienmitglieder des Unternehmers W. fordern, jeweils zwei Stimmzettel zur erhalten. Schließlich zahlen sie mehr Gewerbesteuern als alle anderen ortsansässige Firmen.	

Zeichnung: Martin Erl

2 Werte die Karikatur aus.

Das Wahlsystem bei der Bundestagswahl (SB 30–31)

1 Vervollständige die Lückentexte mit den Begriffen aus dem jeweils darüber stehenden Kasten.

Abgeordnete – Mehrheitswahl – Partei – Schulen – Verhältniswahl – verloren – vier – Wahlkreise – Zweitstimme

Alle (1) ______________ Jahre finden in Deutschland die Bundestagswahlen statt. Ein paar Wochen vor der Wahl erhält jeder Wahlberechtigte automatisch eine Wahlbenachrichtigungskarte per Post. Auf dieser Karte steht neben der Nummer seines Wahlkreises auch die Adresse des Wahllokals, welches man am Wahltag aufsuchen muss. Wahllokale sind beispielsweise (2) ______________ oder andere öffentliche Gebäude. Damit die Wege für die Wähler nicht zu lang sind, gibt es grundsätzlich mehrere Wahllokale in einer Gemeinde oder Stadt.

Deutschland ist insgesamt in 299 (3) ______________ aufgeteilt. Aus jedem dieser Wahlkreise wird mit der Erststimme exakt ein Kandidat bzw. eine Kandidatin per Direktmandat in den Bundestag gewählt. Die Erststimme ist immer in der linken Spalte des Wahlzettels anzukreuzen. In dieser Spalte gibt man einer Person seine Stimme. Die Person mit den meisten Stimmen im Wahlkreis ist in den Bundestag gewählt. Alle übrigen Kandidaten haben (4) ______________. Dieses Wahlsystem nennt man die relative (5) ______________.

Es sind immer mindestens 598 (6) ______________ im Bundestag vertreten. Zu den 299 Direktmandaten kommen mindestens 299 weitere hinzu. Deren Vergabe erfolgt durch die Zweitstimme. Diese ist immer in der rechten Spalte des Wahlzettels abzugeben. In dieser Spalte gibt man einer (7) ______________ seine Stimme. Nach der Wahl werden alle Zweitstimmen zusammengezählt. Für jede Partei wird anschließend ihr prozentualer Anteil an allen abgegebenen Stimmen berechnet. Dieser Prozentwert ist von großer Bedeutung. Er zeigt an, wie viele Sitze einer Partei im Bundestag insgesamt zustehen. Die (8) ______________ ist somit die wichtigere Stimme. Durch die prozentuale Umrechnung fließen alle Stimmen in das Ergebnis ein. Keine Stimme geht verloren. Dieses Wahlsystem nennt man (9) ______________.

Ausgleichsmandate – Bundestag – Chancen – drei – „Fünf-Prozent-Hürde“ – Mindestanzahl – Reihenfolge – sechs – wächst

Auch wenn man mit der Zweitstimme auf dem Papier eine Partei wählt, so wählt man eigentlich die sogenannte Landesliste dieser Partei. Die Landesliste ist eine Namensliste mit Parteikandidaten, die für den Bundestag kandidieren. Sie wird vor der Wahl erstellt und legt die (10) ______________ fest, in der die Kandidaten gewonnene Bundestagssitze besetzen sollen. Die Landeslisten werden von den Parteien festgelegt. Wer weit oben auf der Liste steht, hat bessere (11) ______________ auf einen Bundestagssitz als jemand, der weit unten steht. Sitze, die eine Partei nicht mit Direktkandidaten besetzen konnte, werden über diese Landesliste vergeben.

Die 598 Sitze im Bundestag stellen die (12) ______________ dar. Einige Regelungen in unserem Wahlrecht sorgen dafür, dass die Anzahl der Abgeordneten in Wirklichkeit höher ist. Ein Beispiel: Der Partei XYZ stehen laut prozentualem Zweitstimmenergebnis 15 Bundestagssitze zu. Über die Erststimme wurden aber bereits 21 Kandidaten der Partei XYZ direkt in den Bundestag gewählt. Dadurch hat die Partei XYZ eigentlich (13) ______________ Sitze zu viel. Diese sechs sogenannten Überhangmandate behält die Partei XYZ aber trotzdem. Dadurch (14) ______________ der Bundestag von 598 auf insgesamt 604 Sitze an. Um das Kräfteverhältnis zu den anderen Parteien durch diese zusätzlichen Sitze nicht aus dem Gleichgewicht zu bringen, bekommen diese sogenannte (15) ______________. Dadurch wird der Bundestag aber noch einmal größer.

Bei der Sitzverteilung unberücksichtigt bleiben Parteien, die unter der sogenannten (16) ______________ bleiben. Mit dieser Sperrklausel soll verhindert werden, dass zu viele verschiedene Parteien im (17) ______________ sitzen. Dies würde die politische Arbeit erheblich erschweren. Die Sperrklausel gilt aber nicht für Parteien, die mindestens (18) ______________ Direktmandate gewonnen haben.

Die Parteien und ihre Aufgaben (SB 36–37)

Die Parteien haben den Auftrag, bei der politischen Willensbildung des Volkes mitzuwirken und die Teilnahme der Bürgerinnen und Bürger am politischen Leben zu fördern. Eine Demokratie kann ohne sie nicht funktionieren. Die Parteien legen ihre politischen Zielvorstellungen in sogenannten Grundsatzprogrammen nieder. So bündeln sie die unterschiedlichen Interessen und Vorstellungen der Bürgerinnen und Bürger. Die Parteien werben in der Öffentlichkeit um Zustimmung für ihre Programme und Standpunkte. Über die Beteiligung an den Wahlen auf Bundesebene, Landesebene und kommunaler Ebene konkurrieren sie um die Macht im Staat.

Parteiengesetz § 1

(1) Die Parteien sind ein verfassungsrechtlich notwendiger Bestandteil der freiheitlichen demokratischen Grundordnung. Sie erfüllen mit ihrer freien, dauernden Mitwirkung an der politischen Willensbildung des Volkes eine ihnen nach dem Grundgesetz obliegende und von ihm verbürgte öffentliche Aufgabe.

(2) Die Parteien wirken an der Bildung des politischen Willens des Volkes auf allen Gebieten des öffentlichen Lebens mit, indem sie insbesondere …

… auf die Gestaltung der öffentlichen Meinung Einfluss nehmen, ○	○ Die Mitgliederversammlung einer Partei wählt die Kandidatin, die dann zur Landtagswahl aufgestellt wird.
… die politische Bildung anregen und vertiefen, ○	○ Die Bundestagsfraktion einer Partei wendet sich in einer Pressemitteilung gegen einen Gesetzentwurf der Regierung.
… die aktive Teilnahme der Bürger am politischen Leben fördern, ○	○ Im Bürgerbüro eines Abgeordneten können die Bürgerinnen und Bürger ihre Anregungen und Beschwerden vorbringen.
… zur Übernahme öffentlicher Verantwortung befähigte Bürger heranbilden, ○	○ Die Parteien werben in der Öffentlichkeit um Zustimmung für ihre Programme und Argumente.
… sich durch Aufstellung von Bewerbern an den Wahlen in Bund, Ländern und Gemeinden beteiligen, ○	○ Eine von einer Partei eingerichtete Stiftung führt Seminare für Schulklassen zu unterschiedlichen politischen Themen durch.
… auf die politische Entwicklung in Parlament und Regierung Einfluss nehmen, ○	○ Eine Partei wirbt dafür, dass die Bürger und Bürgerinnen bei der nächsten Bundestagswahl auf jeden Fall ihre Stimme abgeben.
… die von ihnen erarbeiteten politischen Ziele in den Prozess der staatlichen Willensbildung einführen und … ○	○ Der Kreisverband einer Partei führt ein Rhetorikseminar für Gemeinderatskandidatinnen und -kandidaten durch.
… für eine ständige lebendige Verbindung zwischen dem Volk und den Staatsorganen sorgen. ○	○ Eine Partei setzt die Aussagen ihres Programms zur Umweltpolitik in einen konkreten Vorschlag für eine Ökosteuer um.

1 Ordne der jeweiligen Textstelle aus dem Parteiengesetz das entsprechend Beispiel zu.
Verbinde dazu die zusammengehörenden Textkästen mit einer Linie: ○———○

Internetrecherche: Interessengruppen (SB 40)

1 Wähle eine Partei, einen Verband oder eine Interessengruppe und recherchiere dazu im Internet. Erstelle dann einen Steckbrief.

Name:

Art der Organisation:

Gründungsdatum:

Anzahl der Mitglieder:

Hauptsitz:

Das Logo

Folgende Interessen werden vertreten:

Finanzierung:

Auf diese Weise nimmt die Organisation Einfluss auf die Politik und auf die Gesetzgebung:

Aktuelles Beispiel für die Arbeit der Organisation (Zeitungsbericht, Beschreibung eines Projekts, einer Aktion o. Ä.):

Ich könnte mir vorstellen/nicht vorstellen diese Organisation zu unterstützen, weil

Die Verfassungsorgane (SB 46)

1 Lies den Text der Seite 46 im Buch und kreuze die richtigen Antworten an. Manchmal musst du mehrere Kreuze setzen.

① Wie viele Verfassungsorgane gibt es in der Bundesrepublik Deutschland?

- ○ a) 6
- ○ b 7
- ○ c) 5

② Die Bundesregierung besteht aus …

- ○ a) Bundeskanzler und Richtern.
- ○ b Richtern und Ministern.
- ○ c) Ministern und Bundeskanzler.

③ Das Staatsoberhaupt der Bundesrepublik Deutschland ist …

- ○ a) der Bundeskanzler.
- ○ b der Bundespräsident.
- ○ c) der Bundestagspräsident.

④ Der Deutsche Bundestag wird gewählt von …

- ○ a) den Bürgerinnen und Bürgern.
- ○ b den Abgeordneten.
- ○ c) den Ministerinnen und Ministern.

⑤ Als Abgeordnete bezeichnet man die ….

- ○ a) ernannten Richter.
- ○ b gewählten Volksvertreter.
- ○ c) gewählten Räte.

⑥ In diesem Verfassungsorgan sitzen die Regierungsvertreter der 16 Bundesländer.

- ○ a) Bundesregierung
- ○ b Bundesvertretung
- ○ c) Bundesrat

⑦ Welche Verfassungsorgane sind direkt an der Gesetzgebung beteiligt?

- ○ a) Bundestag
- ○ b Bundesregierung
- ○ c) Bundesrat
- ○ d) Bundespräsident
- ○ e) Bundesverfassungsgericht

⑧ Welche Verfassungsorgane haben ihren Sitz in Berlin?

- ○ a) Bundestag
- ○ b Bundesregierung
- ○ c) Bundesrat
- ○ d) Bundespräsident
- ○ e) Bundesverfassungsgericht

2 a) Schreibe zu jedem abgebildeten Gebäude den Namen des jeweiligen Verfassungsorganes.
b) Eines der Gebäude wird in Berlin gelegentlich scherzhaft „Waschmaschine" genannt. Vermute, welches gemeint ist.

Der Deutsche Bundestag (SB 48–49)

1 Finde anhand der Beschreibungen die 15 gesuchten Begriffe und trage sie ein.

Waagerecht

1 Bundestagswahlen finden alle … Jahre statt.

2 Dieser wird einberufen, wenn ein Viertel der Abgeordneten es beantragt.

3 Fachbegriff für: gesetzgebende Gewalt

4 Plan mit allen Einnahmen und Ausgaben

7 Bezeichnung für die gewählten Volksvertreter im Deutschen Bundestag.

9 Der Bundestag wird direkt vom … gewählt.

12 Sammelbezeichnung für alle Fraktionen, die nicht zur Regierung gehören.

15 Bundeskanzler und Bundesminister bilden gemeinsam die….

Senkrecht

5 Bezeichnung für den Amtszeitraum einer gewählten Volksvertretung

6 Davon gibt es schriftliche, mündliche, kleine und große.

8 Diesen wählt der Bundestag in seiner ersten Sitzung nach einer Bundestagswahl.

10 So nennt man einen freiwilligen Zusammenschluss von Abgeordneten.

11 Bezeichnung für eine gewählte Arbeitsgruppe im Bundestag.

13 Zusammenkunft von allen gewählten Abgeordneten

14 Zusammenschluss oder Bündnis von Fraktionen zur Bildung einer Regierung

Recherche: Die Parteien im Deutschen Bundestag (SB 48–50)

1 Recherchiere im Internet die Angaben zu den aktuell im Bundestag vertretenen Parteien und trage sie in die Tabelle ein.

Parteikürzel								
vollständiger Parteiname								
Gründungsjahr								
Mitgliederzahl								
Jugendorganisation (Mitgliederzahl)								
Name der/ des Parteivorsitzenden								
Anzahl der Sitze im Bundestag								

2 Recherchiere die fehlenden Angaben und vervollständige die Sätze.

a) Folgende Parteien bilden die Regierung: ______________________

b Zusammen hat diese Koalition ______________________ Sitze im Bundestag.

c) Die Oppositionsparteien sind: ______________________

d) Zusammen haben die Oppositionsparteien ______________________ Sitze im Bundestag.

Das Hate-Speech-Gesetz: Bedenken im Schloss Bellevue (SB 54–55)

Bundespräsident Frank-Walter Steinmeier hat seine vorläufige Weigerung verteidigt, das von Bundestag und Bundesrat verabschiedete Gesetz zur Bekämpfung von Hasskriminalität und Rechtsextremismus zu unterschreiben. Es sei „nicht streitig", dass bestimmte Normen im Gesetz verfassungswidrig seien […]. Die Regierung habe „nunmehr in Aussicht gestellt, entsprechende Änderungsregelungen zur Herstellung der Verfassungsmäßigkeit beim Bundestag einzubringen". Steinmeier sei „froh" über diese „einvernehmliche Lösung", hieß es weiter.

Hintergrund ist eine Entscheidung des Bundesverfassungsgerichts, derzufolge bestimmte Regelungen zur Datenabfrage gegen das Grundgesetz verstoßen, wie sie auch im Gesetz gegen Hasskriminalität enthalten sind. Der Richterspruch kam jedoch zu spät für das laufende Verfahren. Steinmeier setzte daraufhin die sogenannte Ausfertigung des Gesetzes aus. Dieser Weg wurde als ungewöhnlich und nach dem Grundgesetz eigentlich unzulässig kritisiert, weil der Bundespräsident aus seiner Sicht verfassungswidrige Gesetze endgültig zu stoppen habe; die Aussetzung sei nur erfolgt, um der Regierung eine Blamage zu ersparen. Das Bundespräsidialamt verteidigte auch diese Maßnahme: „Die Aussetzung der Ausfertigung ist Teil der verfassungsrechtlichen Prüfkompetenz des Bundespräsidenten nach Artikel 82 des Grundgesetzes."

Bundespräsident Walter Steinmeier

Das neue Gesetz gegen Hasskriminalität bestimmt, dass die Betreiber sozialer Netzwerke Hassbotschaften an das Bundeskriminalamt (BKA) melden müssen, damit sie von den Ermittlungsbehörden verfolgt werden können. Darunter fallen etwa Morddrohungen, Volksverhetzung und Gewaltdarstellungen, die Billigung von Straftaten sowie die Verbreitung von Kinderpornografie. Das BKA wiederum erhält die Befugnis, auf Nutzerdaten bei Telekommunikationsunternehmen zuzugreifen.

Eine solche Abfrage zur so genannten Bestandsdatenauskunft hatten die Karlsruher Richterinnen und Richter in einem Beschluss vom Juli dieses Jahres grundsätzlich beanstandet. In verschiedenen Gutachten […] wurde dargelegt, dass die Entscheidung auch Folgen für das laufende Projekt der Regierung haben müsste. […]

(www.tagesspiegel.de/politik/vorerst-keine-unterschrift-wie-der-bundespraesident-das-gesetz-gegen-hasskriminalitaet-korrigieren-laesst/26264614.html / Abruf: 07.05.2021)

1 Fasse den Inhalt des Gesetzes gegen Hasskriminalität zusammen.

______

______

______

______

______

2 Begründe die Weigerung des Bundespräsidenten dieses Gesetz zu unterschreiben.

______

______

______

______

______

3 Erläutere woran erkennbar ist, dass dem Bundespräsidenten das Gesetz dennoch wichtig ist.

______

______

______

______

______

Der Weg eines Gesetzes (SB 58–59)

1 Beschreibe die Stationen im Gesetzgebungsprozess, indem du den zehn Zeichnungen jeweils einen Satz aus dem Schulbuchtext der Seiten 58 und 59 zuordnest. Du kannst einige Sätze verkürzen.

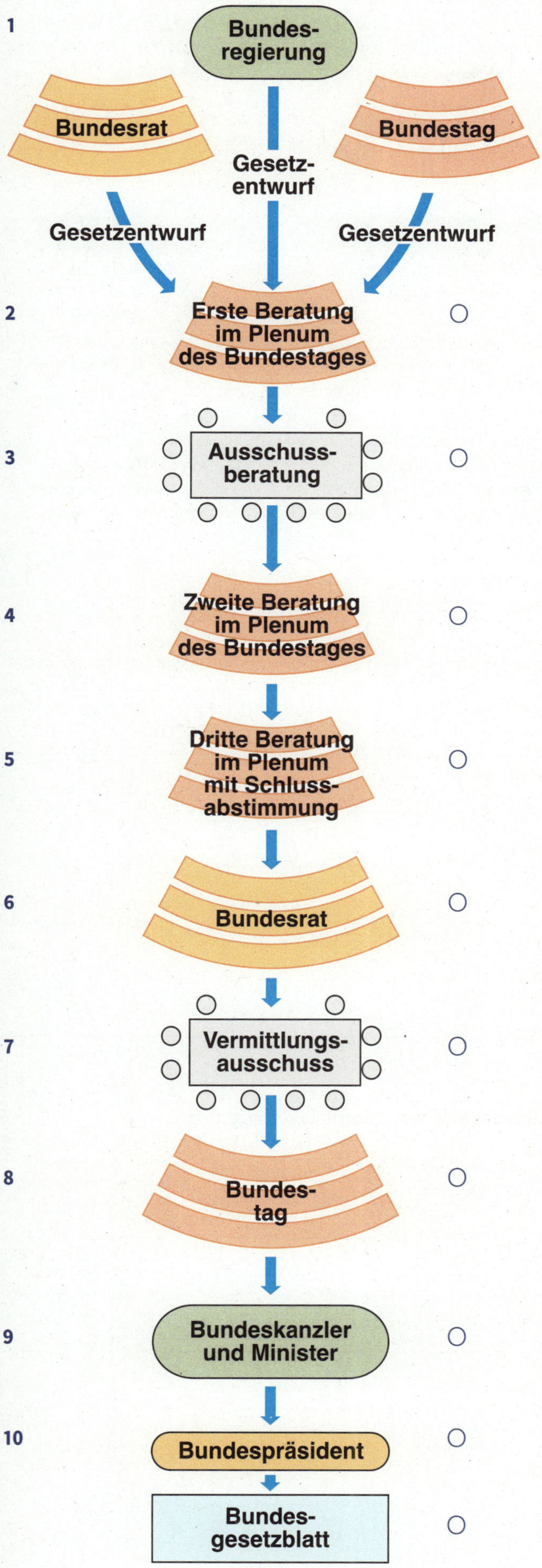

1 Alles beginnt mit der Gesetzesinitiative, also mit der Idee zu einem Gesetz.

9 Ist ein Gesetz verabschiedet, wird es der zuständigen Ministerin/ dem zuständigen Minister und der Kanzlerin/ dem Kanzler vorgelegt. Mit der Unterzeichnung übernehmen sie die politische Verantwortung.

Das Bundesamt für Verfassungsschutz (SB 64)

Die Aufgaben des Verfassungsschutzes in Deutschland – auf Bundes- und Landesebene

In Hinblick auf die Abschaffung der Demokratie durch die Nationalsozialisten im sogenannten „Dritten Reich“ ergab sich für die Gründer der Bundesrepublik Deutschland die Notwendigkeit, eine wehrhafte Demokratie zu schaffen. Ein wichtiger Akteur ist hierbei der Verfassungsschutz, welcher als „Frühwarnsystem“ fungieren soll. Extremistische und verfassungsfeindliche Bestrebungen sollen rechtzeitig erkannt und die freiheitliche demokratische Grundordnung dadurch geschützt werden. In Folge dessen können Parteien, deren Aktivitäten die Grundwerte unserer Gesellschaft angreifen, durch das Bundesverfassungsgericht verboten werden.

(www.verfassungsschutz.sachsen.de/das-lfv-4039.html / Abruf: 07.05.2021)

Sächsische AfD als Verdachtsfall eingestuft

Verfassungsschutz im Freistaat sieht rechtsextreme Tendenzen

Die AfD bekommt nun auch in Sachsen zunehmend Probleme mit dem Verfassungsschutz. Er hat den Landesverband der Partei als „Verdachtsfall“ eingestuft, damit ist eine nachrichtendienstliche Beobachtung möglich, darunter die Überwachung des E-Mail-Verkehrs und das Anwerben von V-Leuten in der AfD.

Der Schritt sei bereits im Januar erfolgt, sagten Sicherheitskreise dem Tagesspiegel. Der sächsische Verfassungsschutz selbst äußert sich nicht. Offenkundig hat der Nachrichtendienst jedoch gewichtige Anhaltspunkte für rechtsextremistische Bestrebungen in der sächsischen AfD.

In dem Landesverband dominieren Mitglieder der parteiinternen Vereinigung „Der Flügel“. Das Bundesamt für Verfassungsschutz hatte den Flügel im März 2020 als „gesichert rechtsextremistische Bestrebung“ bewertet.

Der Freistaat ist jetzt das vierte Bundesland, in dem der Verfassungsschutz die AfD als Verdachtsfall einstuft. Im Januar hatte auch schon der Nachrichtendienst in Sachsen-Anhalt den Landesverband der Partei so klassifiziert. Brandenburg und Thüringen hatten den Schritt schon früher vollzogen. […]

Im AfD-Landesvorstand in Sachsen sitzt Andreas Harlaß, er ist zugleich Pressesprecher der AfD im sächsischen Landtag. Einer Entscheidung des Amtsgerichts Dresden zufolge ist es zulässig, ihn als Anhänger der „NS-Rassenideologie“ zu bezeichnen.

(Frank Jansen: Verfassungsschutz im Freistaat sieht rechtsextreme Tendenzen, Artikel vom 02.02.2021 in: www.tagesspiegel.de/politik/saechsische-afd-als-verdachtsfall-eingestuft-verfassungsschutz-im-freistaat-sieht-rechtsextreme-tendenzen/26874740.html / Abruf: 07.05.2021)

1 Erläutere anhand des Textes zu den Aufgaben des Verfassungsschutzes die Wichtigkeit und Bedeutung des Verfassungsschutzes in der Bundesrepublik und in Sachsen.

2 Notiere die Gründe, die den Verfassungsschutz bewogen haben, die AfD in Sachsen als Verdachtsfall einzustufen.

Karikatour: Bedrohungen für die Demokratie (SB 64–75)

1 Wähle zwei der abgebildeten Karikaturen und werte sie aus. Stelle jeweils heraus, auf welches Problem aufmerksam gemacht werden soll.

Karikatur 1:

Zeichnung: Tomicek

Karikatur 2:

Zeichnung: Götz Wiedenroth

Karikatur 3:

Zeichnung: Gerhard Mester

Selbsttest: Bin ich eigentlich populistisch eingestellt? (SB 74)

1 a) Lies die folgenden Aussagen zu Politik und Gesellschaft. Kreuze bei jeder Aussage an, inwieweit du dieser zustimmst.

a) Die Bürger sind sich oft einig, aber die Politiker haben ganz andere Ziele.

○ stimme voll und ganz zu ○ stimme eher zu ○ stimme eher nicht zu ○ stimme überhaupt nicht zu

b) Mir wäre es lieber, von einem einfachen Bürger politisch vertreten zu werden als von einem Politiker.

○ stimme voll und ganz zu ○ stimme eher zu ○ stimme eher nicht zu ○ stimme überhaupt nicht zu

c) Die Parteien wollen nur die Stimmen der Wähler, an ihren Ansichten sind sie gar nicht interessiert.

○ stimme voll und ganz zu ○ stimme eher zu ○ stimme eher nicht zu ○ stimme überhaupt nicht zu

d) Die politischen Differenzen zwischen den Bürgern und Politikern sind größer als die Differenzen der Bürger untereinander.

○ stimme voll und ganz zu ○ stimme eher zu ○ stimme eher nicht zu ○ stimme überhaupt nicht zu

e) Wichtige Fragen sollten nicht von Parlamenten, sondern in Volksabstimmungen entschieden werden.

○ stimme voll und ganz zu ○ stimme eher zu ○ stimme eher nicht zu ○ stimme überhaupt nicht zu

f) Die Politiker im Bundestag sollten immer dem Willen des Volkes folgen.

○ stimme voll und ganz zu ○ stimme eher zu ○ stimme eher nicht zu ○ stimme überhaupt nicht zu

g) Die Bürger in Deutschland sind sich im Prinzip einig darüber, was politisch passieren muss.

○ stimme voll und ganz zu ○ stimme eher zu ○ stimme eher nicht zu ○ stimme überhaupt nicht zu

h) Was man in der Politik „Kompromiss“ nennt, ist in Wirklichkeit nichts Anderes als ein Verrat der eigenen Prinzipien.

○ stimme voll und ganz zu ○ stimme eher zu ○ stimme eher nicht zu ○ stimme überhaupt nicht zu

(Robert Vehrkamp/Wolfgang Merkel: Populismusbarometer 2020 © Bertelsmann Stiftung, Gütersloh 2020, S. 16)

b) Notiere die Anzahl deiner gesetzten Kreuze.

stimme voll und ganz zu: ____________

stimme eher zu: ____________

stimme eher nicht zu: ____________

stimme überhaupt nicht zu: ____________

c) Liste mithilfe der Seite 74 deines Schulbuches Kennzeichen von Populismus auf.

____

____

____

d) Vergleiche die von dir notierten Kennzeichen mit deinen Einschätzungen zu den obigen Aussagen. Welches Ergebnis erwartest du?

____

____

e) Frag deine Lehrkraft nach der Auflösung zu dem Selbsttest und werte ihn aus.

Zivilcourage: Mut zum Handeln (SB 76)

1 In diesem Buchstabensalat sind 10 Wörter versteckt, die mit Zivilcourage zu tun haben. Diese Wörter finden sich auch auf der Seite 76 in deinem Schulbuch. Kennzeichne sie mit einem Marker und schreibe sie auf die Linien.

					P	N	L	J	R					
			E	K	Y	T	Y	C	L	P	G			
		W	H	D	U	W	E	R	T	E	B	Y		
	M	E	N	S	C	H	E	N	W	U	R	D	E	
	S	I	R	O	W	A	A	D	N	O	W	V	D	
J	G	N	M	A	L	G	E	M	E	I	N	S	A	M
X	Z	G	E	W	W	I	D	E	R	S	T	A	N	D
G	E	R	E	C	H	T	I	G	K	E	I	T	B	P
L	I	E	M	S	L	H	U	J	Z	H	S	L	Y	W
M	Y	I	Z	A	M	W	V	Q	F	E	O	C	D	G
	N	F	A	F	R	X	H	H	I	L	Z	Q	U	
	B	E	B	B	H	V	L	B	H	F	I	J	X	
		N	U	I	E	X	U	V	M	E	A	T		
			Q	L	R	Z	S	O	U	N	L			
					Z	F	F	P	T					

1) ____________________

2) ____________________

3) ____________________

4) ____________________

5) ____________________

6) ____________________

7) ____________________

8) ____________________

9) ____________________

10) ____________________

Zivilcourage leistet einen wichtigen Beitrag zum Erhalt unserer freiheitlichen demokratischen Grundordnung. Zivilcourage macht unseren Staat stark!

2 Sei kreativ! Schreibe Begriffe, die du mit Zivilcourage verbindest, neben die „starken Arme". Tipp: Du kannst auch Begriffe der Aufgabe 1 verwenden.

Merkmale eines demokratischen Rechtsstaats – Fallbeispiele (SB 82)

1 In den folgenden Fallbeispielen wird jeweils gegen ein Merkmal unseres Rechtsstaates verstoßen. Nenne das Merkmal und erkläre den Verstoß.

① Jonas fährt mit seinem Fahrrad bei „Rot" über die Ampel. Die Polizei sieht das und hält ihn an. Anstatt ihn zu verwarnen oder ein Bußgeld zu geben wird Jonas von den Beamten direkt in das Gefängnis gebracht.

Merkmal: ______________________

Erklärung des Verstoßes:

____

____

____

② Als der Richter von der Urteilsfindung in den Saal zurückkehrt, findet er ein Bündel Geldscheine auf dem Richterpult. Er schaut daraufhin zu dem Angeklagten, der ihm zuzwinkert und entscheidet sich spontan ihn freizusprechen.

Merkmal: ______________________

Erklärung des Verstoßes:

____

____

____

③ Kurz vor dem Ablauf der Legislaturperiode beschließt der Bürgermeister, keine Wahlen stattfinden zu lassen, damit er weiterhin im Amt bleiben kann.

Merkmal: ______________________

Erklärung des Verstoßes:

____

____

____

④ Die bekannte und attraktive TV-Darstellerin Sabine fährt volltrunken mit dem Auto gegen ein Verkehrsschild und wird daraufhin von der Polizei angehalten. Als der Polizist sie erkennt, beschließt er, keine Anzeige zu schreiben und sie weiterfahren zu lassen.

Merkmal: ______________________

Erklärung des Verstoßes:

____

____

____

⑤ Frank wurde sein Fahrrad gestohlen. Er hat eindeutige Beweise dafür, dass es sein Nachbar war. Als er den Fall einem befreundeten Richter schildert, sagt dieser ihm, dass er sich nicht so anstellen und die Angelegenheit vergessen soll.

Merkmal: ______________________

Erklärung des Verstoßes:

____

____

____

⑥ Auf dem Weg zur Arbeit beobachtet der Justizminister einen Taschendiebstahl. Er kann den Dieb selbstständig fassen und bringt ihn direkt ins Gefängnis. Er gibt den JVA-Beamten die Anweisung, ihn für 6 Monate einzusperren.

Merkmal: ______________________

Erklärung des Verstoßes:

____

____

____

Gewaltenteilung (SB 84)

Um Machtmissbrauch zu verhindern, gibt es in Deutschland die Gewaltenteilung. Sie sind die drei Säulen, die unsere Demokratie tragen.

1 a) Beschrifte die fehlenden Säulenelemente.
b) Ordne die folgenden Begriffe den drei Säulen zu und notiere sie in den unteren Fundamenten.

> Bundestagsabgeordneter – Amtsgericht – Polizei – Gemeindeverwaltung – Landgerichte – Bundesrat – Verfassungsrichter – Bundesregierung – Bundesgerichtshof – Bundeskanzler/-in – Justizvollzugsbeamter – Sächsischer Landtag

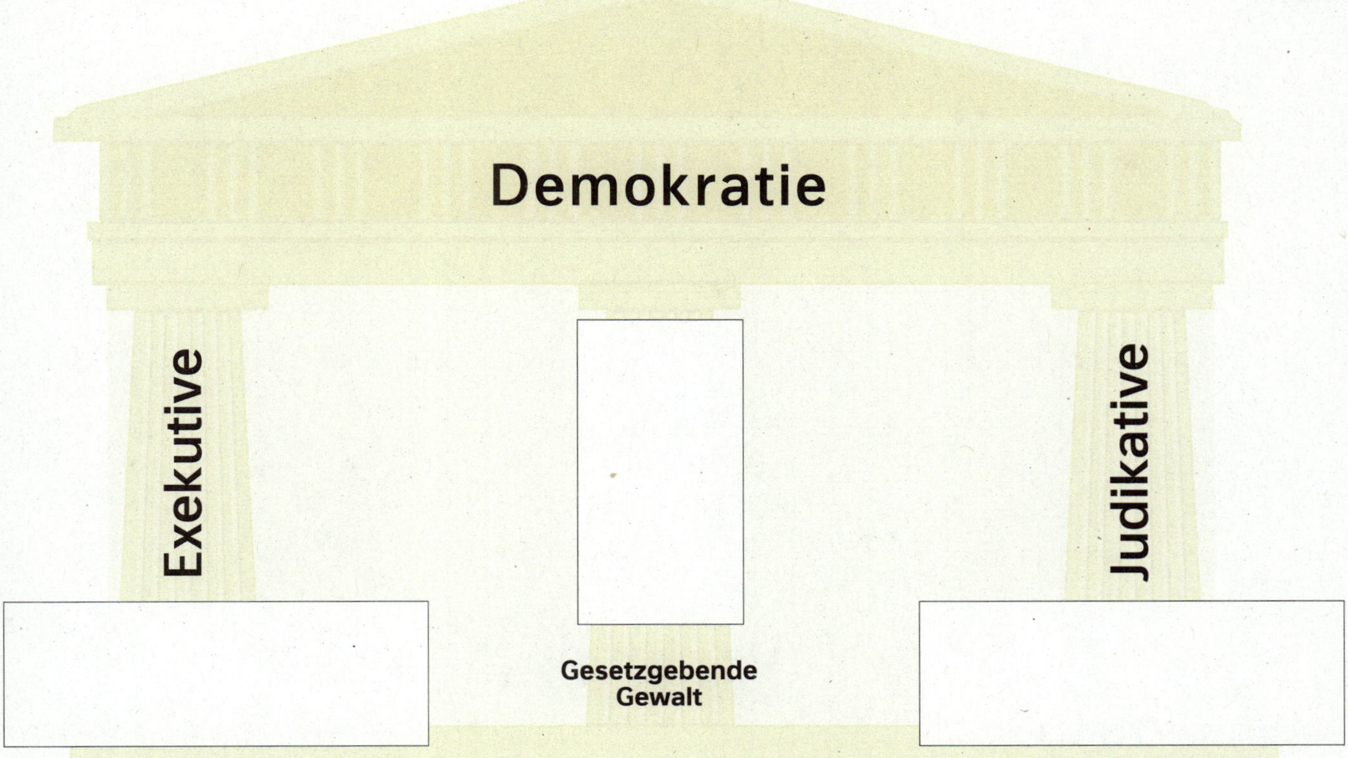

2 Recherchiere die entsprechenden Personen und Institutionen der drei Gewalten in deiner Gemeinde/Stadt.

___

___

___

Freiheit und Schutz der Bürger (SB 86–87)

1 Finde anhand der Beschreibungen die Fachbegriffe auf den Seiten 86 und 87 in deinem Buch. Vervollständige anschließend das Kreuzworträtsel und notiere das Lösungswort.

Ä = Ä; Ö = Ö; Ü = Ü

Waagerecht

1 Jemand, der kein Geld für einen Prozess hat, erhält ...

3 Rechtsmittel, um das Urteil auf Rechtsfehler zu überprüfen.

5 Hier steht das Bundesverfassungsgericht.

6 Rechtsmittel, um noch einmal vor einem höheren Gericht neu zu verhandeln.

7 Entscheidet der Richter nicht allein, sondern gemeinsam mit ehrenamtlichen Richtern, so nennt man dies ...

11 Auf dem Rechtsweg durchschreitet man gerichtliche ...

12 Mit der Verkündung seiner Entscheidung gegen den Angeklagten verhängt der Richter zugleich eine ...

Senkrecht

2 Wenn man in Strafsachen keinen Anwalt hat, wird ein ... beigeordnet.

4 Vertritt in Strafsachen die Anklage.

8 Leichte Straftaten von Jugendlichen und Heranwachsenden verhandelt der ...

9 So nennt man die Entscheidung des Richters.

10 Meinungs- und Versammlungsfreiheit sind ein ...

Verfolgung von Rechtsverstößen – der Fall Tom (SB 88 – 89)

Ein schwieriger Fall

Der 16-jährige Tom wurde beim Graffitisprühen an der Autobahnbrücke erwischt. Als die zwei Polizeibeamten ihn schnappen, behauptet Tom, dass er selbst eine fremde Person beim Sprayen ertappt habe, die ihm daraufhin die Dose in die Hand drückte und weggerannt sei. Diese Aussage glauben ihm die Polizisten nicht und bringen die Sache zur Anzeige.

Wenige Woche später findet sich Tom auf der Anklagebank vor dem Jugendrichter wieder. Anstatt an seiner Geschichte weiter festzuhalten, beschließt er, ehrlich zu sein und gesteht die Tat. Er sagt, dass er die Tat sehr bereue und so etwas nie wieder machen werde. Auch wenn Tom sehr glaubwürdig klingt, ist der Richter sich nicht sicher. Ein Blick in das Jugendstrafregister hat ihm verraten, dass Tom wegen einer ähnlichen Tat bereits vor zwei Jahren schon einmal zu 40 Stunden gemeinnütziger Dienste in einer Behindertenwerkstatt verurteilt wurde.

Abgesehen von diesen Taten ist Tom ein ganz normaler Jugendlicher. Er lebt bei seinen Eltern, besucht die Oberschule und möchte im Anschluss gerne sein Abitur machen. Auch in seinem persönlichen Umfeld gibt es keine negativen Auffälligkeiten. Aus der damaligen Strafe in der Behindertenwerkstatt hat sich sogar aufgrund seines besonderen Engagements ein Nebenjob in seiner Freizeit und am Wochenende ergeben.

(Autorentext)

1 Welche Punkte sprechen für und welche gegen Tom? Notiere positive sowie negative Argumente.

Positiv	Negativ

2 Wie würdest du in dieser Angelegenheit entscheiden? Überlege, wie deiner Meinung nach ein „faires“ Urteil für Tom aussehen könnte. Begründe deine Entscheidung.

Wenn Menschen kriminell werden (SB 96–97)

1 Ordne die folgenden Delikte den Schlagzeilen zu. Mehrfachnennungen sind möglich.

2 Begründe deine Entscheidung.

Diebstahl – Sachbeschädigung – Erschleichen von Leistungen – Beleidigung – Körperverletzung – Verstöße gegen das Betäubungsmittelgesetz

A

Dreister Trick – Jugendlicher erbeutet neue Sneaker und lässt seine alten Schuhe im Regal zurück

Delikt: ______________________

Begründung:

____

____

B

Autobahnsprayer verurteilt – 90 Sozialstunden für das Verunstalten der Autobahnbrücken

Delikt: ______________________

Begründung:

____

____

C

Auf frischer Tat ertappt – Ein Dealer weniger im Bahnhofsviertel

Delikt: ______________________

Begründung:

____

____

D

Flucht aus der Kälte – Obdachloser fährt die ganze Nacht ohne Fahrschein mit der S-Bahn durch die Stadt

Delikt: ______________________

Begründung:

____

____

E

High zur Schlägerei – Schwere Verletzungen statt Revierderby.

Delikt: ______________________________

Begründung:

____

____

F

„Bullenschwein" – Polizist bei Verkehrskontrolle angegangen

Delikt: ______________________________

Begründung:

____

____

3 In allen sechs Fällen haben die Täter eine entsprechende Strafe zu erwarten. Vermute, welche Aufgabe die Strafe in jedem Fall erfüllen soll.

A: ______________________________

____

B: ______________________________

____

C: ______________________________

____

D: ______________________________

____

E: ______________________________

____

F: ______________________________

____

Ein Sprayer arbeitet an einem Graffiti

Personenkontrolle der Polizei

Das Jugendstrafrecht (SB 102)

1 Vervollständige den Lückentext mit den folgenden Begriffen:

> Jugendstrafe – Jugendgerichtsgesetz – Straftat – Gericht – schützen – Erziehungsmaßregeln – verantwortlich – Erwachsenenstrafrecht – Erziehungsgedanke – Jugendgericht – Reife – Folgen – bedingt strafmündig – öffentlich – 14. Lebensjahres – Alter – Heranwachsenden

Das Gesetz definiert, was eine (1) ______________ ist: Ein Ladendiebstahl zum Beispiel oder eine Körperverletzung. Eine Straftat muss bestraft werden, eben vor (2) ______________. Dabei wird jedoch deutlich unterschieden, in welchem (3) ______________ die Straftat begangen wurde.

Bis zur Vollendung ihres (4) ______________ sind Kinder schuldunfähig. Das bedeutet, dass sie für ihre Taten nicht (5) ______________ gemacht und damit auch nicht vor Gericht gestellt werden können. Jugendliche ab 14 Jahren gelten prinzipiell als (6) ______________. Der Gesetzgeber traut ihnen zu, dass sie die (7) ______________ ihrer Handlung soweit überblicken können, um einzuschätzen, ob sie mit ihren Handlungen bewusst anderen Schaden zufügen. Deshalb können sie für ihre Handlungen auch die Verantwortung übernehmen. Verhandelt wird allerdings nach dem (8) ______________, denn bei jugendlichen Straftätern steht der (9) ______________ eindeutig vor dem Ziel der Bestrafung. Dann können Strafen verhängt werden wie: (10) ______________ (z. B. Verbot, eine bestimmte Diskothek zu besuchen), Zuchtmittel (z. B. Wiedergutmachen des Schadens; Jugendarrest) und (11) ______________ (= Jugendstrafvollzugsanstalt, im Höchstfall bis 10 Jahre).

Ab 18 Jahre ist man dann in der Regel voll straffähig und wird vor Gericht nach dem (12) ______________ verurteilt. Allerdings macht der Gesetzgeber eine Einschränkung: Wenn aufgrund der fehlenden (13) ______________ noch nicht von einem Erwachsenen gesprochen werden kann, so können die sogenannten (14) „______________“ (18–21 Jahre) auch noch von einem (15) ______________ verurteilt werden und erhalten auch hier ein anderes Strafmaß.

Strafprozesse gegen Jugendliche und Heranwachsende sind dabei in der Regel nicht (16) ______________. Dies hat den Zweck, den jugendlichen Straftäter zu (17) ______________.

2 Erkläre, was Max passieren würde, wenn es kein Jugendstrafrecht gäbe.

Max klaut ein Fahrrad

Amerikanische Debatte: Jugendstrafrecht auch für Kinder? (SB 102–103)

In der Bundesrepublik Deutschland werden Jugendliche und junge Heranwachsende bei Straftaten zumeist nach dem Jugendstrafgericht verurteilt. Dabei bleiben Straftaten von unter Vierzehnjährigen unberücksichtigt. Kinder gelten als schuldunfähig.

Mit sechs Jahren vor Gericht?

1 Notiere Pro- und Kontra-Argumente zu folgender Frage: Sollte das Jugendstrafrecht auch für Kinder unter 14 Jahren gelten?

Pro-Argumente	**Kontra-Argumente**

2 Bereitet in eurer Klasse eine Amerikanische Debatte vor. Eine Anleitung findet ihr auf Seite 95 in eurem Buch.

3 Wertet anschließend die Debatte gemeinsam aus.

Der NABU – eine nicht staatliche Organisation (SB 116–117)

1 Lies den folgenden Informationstext.

Der Naturschutzbund Deutschland e. V., kurz NABU, ist eine auf den Naturschutz ausgelegte Organisation. Sie existiert bereits seit mehr als 100 Jahren.

Das Leitmotiv des NABU lautet „Gemeinsam für Mensch und Natur“. Im Vordergrund für den NABU stehen der Erhalt von Artenvielfalt, sauberer Luft und von sauberem Wasser, gesunden Böden, der Schutz natürlicher Lebensräume sowie der nachhaltige Umgang mit Ressourcen. Um diese Ziele zu erreichen, arbeiten ehrenamtliche Mitglieder direkt vor Ort an Lösungen. Sie unterstützen dabei die Mitbürgerinnen und Mitbürger mit ihrem Expertenwissen, um ökologische Entscheidungen zu treffen. Daneben organisiert der NABU Protestaktionen, aber auch Aufklärungsaktionen für Kinder und Erwachsene. So gibt es beispielsweise alljährlich den von der Naturschutzjugend im NABU (NAJU) ausgerichteten Wettbewerb „Erlebter Frühling“. Hier geht es darum, dass teilnehmende Kinder nach Tieren und Pflanzen suchen sollen, die sich im Frühling zeigen.

2 Notiere die Ziele und Aktionen des NABU in der untenstehenden Tabelle.

Ziele	Aktionen

3 Recherchiere auf der Website www.nabu.de, welche Aktionen in deinem Bundesland stattfinden und notiere einige Beispiele:

4 Informiere dich auf www.nabu.de über die Arbeit der internationalen Naturschutzstiftung und nenne Beispiele:

Die Europäische Kommission (SB 120–122)

Beschreibungen

A Die Kommission ist die „Hüterin der Verträge“. Das bedeutet, dass sie gemeinsam mit dem Gerichtshof über die ordnungsgemäße Anwendung des EU-Rechts in allen Mitgliedstaaten wacht. Wenn die Kommission feststellt, dass ein EU-Staat europäische Rechtsvorschriften nicht anwendet und somit seine rechtlichen Verpflichtungen nicht erfüllt, ergreift sie Schritte, um diesen Verstoß abzustellen.

B Die Kommission ist das Exekutivorgan der EU, d. h. sie führt die vom Parlament und vom Ministerrat beschlossenen Maßnahmen durch und verwaltet die EU-Gelder. Ein Beispiel für einen Politikbereich, den die Kommission aktiv verwaltet, sind die Wettbewerbsregeln. Die Kommission überwacht Kartelle und Fusionen und stellt sicher, dass die EU-Staaten ihren Industriebetrieben keine Subventionen gewähren, die den Wettbewerb verfälschen.

C Der Vertrag räumt der Kommission das „Initiativrecht“ ein. Mit anderen Worten: Sie allein ist für die Ausarbeitung von Vorschlägen für neue europäische Rechtsvorschriften verantwortlich, die sie dem Parlament und dem Ministerrat vorlegt.

D Die Kommission ist für das Aushandeln völkerrechtlicher Verträge im Namen der EU verantwortlich.

E Die Kommission schlägt nur dann etwas vor, wenn sie der Ansicht ist, dass ein Problem dadurch wirksamer gelöst werden kann als durch nationale, regionale oder lokale Maßnahmen.

F Unter den wachsamen Augen des Rechnungshofes verwaltet die Kommission den Haushalt. Das Europäische Parlament erteilt der Kommission nur dann die Entlastung für die Durchführung des Haushaltsplans, wenn es mit dem Jahresbericht des Rechnungshofes zufrieden ist.

G Die Kommission ist eine wichtige Sprecherin der EU auf internationaler Ebene. Dadurch können die 27 Mitgliedstaaten in internationalen Foren wie der Welthandelsorganisation „mit einer Stimme“ sprechen.

H Wenn der Verstoß eines Staates gegen EU-Verträge nicht abgestellt wird, muss die Kommission die Angelegenheit dem Gerichtshof übergeben, der Strafen verhängen kann. Die Urteile des Gerichtshofes sind für die Mitgliedstaaten und die Organe der EU bindend.

Aufgaben

Vorschläge
Sie macht dem EU-Parlament und dem Ministerrat Vorschläge für neue Rechtsvorschriften.

Kontrolle
Sie überwacht (gemeinsam mit dem Gerichtshof) die Einhaltung des europäischen Rechts.

Verwaltung
Sie setzt die EU-Politik um und verwaltet den Haushalt.

Vertretung
Sie vertritt die Europäische Union auf internationaler Ebene.

1 Jeweils zwei Beschreibungen gehören zu einer Aufgabe der Kommission. Ordne zu:

Wie gut kennst du den Euro? (SB 128)

1 Kreuze die richtige Antwort jeweils an.

1. Wie viele Banknoten gibt es vom Euro?
   - ☐ a) 9
   - ☐ b) 8
   - ☐ c) 7
   - ☐ d) 6

2. Was befindet sich auf der Rückseite der deutschen 2-Euro-Münze?
   - ☐ a) Brandenburger Tor
   - ☐ b) Bundesadler
   - ☐ c) Eichenzweig
   - ☐ d) Reichstagsgebäude

3. Wo hat die Europäische Zentralbank ihren Sitz?
   - ☐ a) London
   - ☐ b) Paris
   - ☐ c) Brüssel
   - ☐ d) Frankfurt/Main

4. Seit wann gibt es den Euro als Bargeld?
   - ☐ a) 01.01.2002
   - ☐ b) 01.01.1999
   - ☐ c) 01.07.2002
   - ☐ d) 01.01.2000

5. Wie viele Länder nehmen an der Europäischen Währungsunion teil?
   - ☐ a) 15
   - ☐ b) 9
   - ☐ c) 19
   - ☐ d) 24

6. Welches dieser EU-Länder nimmt nicht an der Währungsunion teil?
   - ☐ a) Finnland
   - ☐ b) Belgien
   - ☐ c) Portugal
   - ☐ d) Dänemark

7. Welches Euroland hat die meisten Einwohner?
   - ☐ a) Spanien
   - ☐ b) Italien
   - ☐ c) Deutschland
   - ☐ d) Frankreich

8. Was zeigen die Rückseiten der Euro-Banknoten?
   - ☐ a) Kirchen und Klöster
   - ☐ b) Fenster, Tore und Brücken
   - ☐ c) Politiker und Wissenschaftler
   - ☐ d) Sehenswürdigkeiten

9. Wann war die Eurokrise?
   - ☐ a) 2002/2003
   - ☐ b) 2008/2009
   - ☐ c) 2009/2010
   - ☐ d) 2012/2013

10. Formuliere eine eigene Quizfrage mit vier Antwortmöglichkeiten.

____

____

____

____

Die EU – weißt du Bescheid? (SB 118–129)

Ä = Ä
Ö = Ö
Ü = Ü

1. Die Mehrzahl der Staaten des Kontinents ... sind Mitglied der Europäischen Union.
2. Der Europäische ... besteht aus den Staats- und Regierungschefs der EU-Staaten und dem Präsidenten der EU-Kommission.
3. In ... haben verschiedene Institutionen der EU ihren Sitz, z. B. auch der Europäische Gerichtshof.
4. Der Europäische ... hat für eine einheitliche Auslegung der Rechtsvorschriften in der EU zu sorgen.
5. Die Europäische... ermöglicht es den EU-Bürgern, sich an der Gesetzgebung der Union zu beteiligen.
6. Die ... der Europäischen Union nennt man Verordnungen und Richtlinien.
7. Dem Europäischen Parlament steht ein ... vor.
8. Seit 2014 wird in der Europäischen Union nach dem Prinzip der „... Mehrheit" abgestimmt.
9. Der... ermöglicht u.a. einen freien Warenverkehr in der EU.
10. Der... beschließt die Verordnungen und Richtlinien der EU, in einigen Politikfeldern gemeinsam mit dem EU-Parlament.
11. Den Austritt Großbritanniens aus der EU bezeichnet man als ... .
12. Der ... ist einheitliches Zahlungsmittel in 19 EU-Staaten.
13. Die Institutionen der EU nennt man auch ... .

Lösung: ______________________________

1 Löse das Rätsel.
Die Buchstaben in der unterlegten Spalte ergeben von oben nach unten gelesen das Lösungswort.

Der UN-Sicherheitsrat (SB 132–134)

1 Vervollständige den Lückentext mit den Begriffen aus dem Kasten.

Zwangsmaßnahmen – Mandat – militärisches Eingreifen – Hauptverantwortung – Friedenstruppen – Organ – friedliche – untersuchen – Störung – Schlichtungsvorschläge – Lösung – 15 Mitgliedern – zwei Jahre – Vetorecht

Die Charta der Vereinten Nationen überträgt dem Sicherheitsrat die ① ______________ für die Aufrechterhaltung des Weltfriedens und der internationalen Sicherheit. Er ist damit das mächtigste ② ______________ der Weltorganisation. Der UN-Sicherheitsrat besteht aus ③ ______________, von denen fünf ständig sind und zehn alle ④ ______________ wechseln. Dabei haben die ständigen Mitglieder bei Beschlüssen ein ⑤ ______________.

Die UN-Charta stellt dem Sicherheitsrat ein ganzes Spektrum von Verfahren und Methoden zur Verfügung, mit denen er einer ⑥ ______________ des Weltfriedens begegnen kann. So kann er als neutrales Forum zur ⑦ ______________ von Streitigkeiten die Streitparteien in ihren Friedensbemühungen unterstützen, die Hintergründe einer Auseinandersetzung offiziell ⑧ ______________ und eigene ⑨ ______________ unterbreiten. Ist ein Waffenstillstand erreicht, kann der Sicherheitsrat leicht bewaffnete ⑩ ______________ (UN-Blauhelme) entsenden, die die Lage beruhigen und sichern helfen, bis eine ⑪ ______________ Einigung gefunden ist. Die Charta räumt dem Sicherheitsrat schließlich die Möglichkeit ein, ⑫ ______________ gegen den Aggressor zu verhängen (z. B. wirtschaftliche und diplomatische Sanktionen) und sogar ⑬ ______________ zur Durchsetzung von Frieden und Sicherheit anzuwenden. Da die Vereinten Nationen über keine eigenen Truppen verfügen, werden einzelne oder mehrere Mitgliedstaaten gemeinsam mit einem entsprechenden ⑭ ______________ ausgestattet.

2 Recherchiere die zehn nicht ständigen Mitglieder, die derzeit im UN-Sicherheitsrat sitzen.

____

____

____

____

____

____

____

____

____

____

Internetrecherche: UN-Friedensmissionen (SB 134–135)

1 Recherchiere zu einer der Friedensmissionen und ergänze den Steckbrief.

Blauhelme im Einsatz – UN-Missionen weltweit

1 UNTSO, Naher Osten
2 UNMOGIP, Indien und Pakistan
3 UNFICYP, Zypern
4 UNDOF, Golanhöhen
5 UNIFIL, Libanon
6 MINURSO, Westsahara
7 UNMIK, Kosovo
8 MINUSMA, Mali
10 MONUSCO, Dem. Rep. Kongo
11 UNMISS, Südsudan
12 UNISFA, Abyei (Sudan)
13 MINUSCA, Zentralafr. Republik

Blauhelme für den Frieden:

Wo?: ______________________ Seit wann?: ______________________

Mitarbeiter: ______________________ Budget: ______________________

Beschreibung des Einsatzes:

____

____

____

____

Was ist noch wissenswert?

____

____

____

Verwendete Quellen:

Die UN-Friedensstrategie (SB 134)

1 Ordne die folgenden Begriffe der UN-Friedensstrategie den einzelnen Bildern zu. Begründe deine Entscheidung.

vorbeugende Diplomatie **Friedensschaffung** **Friedenssicherung** **Friedenskonsolidierung**

1 ______________________________

Begründung: ______________________________

____

____

____

2 ______________________________

Begründung: ______________________________

____

____

____

3 ______________________________

Begründung: ______________________________

____

____

____

4 ______________________________

Begründung: ______________________________

____

____

____

Grafikanalyse: Freiwillig Wehrdienstleistende (SB 144–145)

1 Beschreibe anhand der Grafik die Entwicklung der freiwillig Wehrdienstleistenden in Deutschland.

2 Werte die Grafik aus. Wie du dabei vorgehst, steht auf Seite 100 in deinem Schulbuch.

3 Vermute Gründe für die dargestellte Entwicklung.

Redeanalyse – OSZE für zukünftige Aufgaben stärken (SB 146–147)

1 Analysiere die folgende Rede zum Thema „Die OSZE für zukünftige Aufgaben stärken“ anhand der Schritte einer Redeanalyse auf Seite 142 in deinem Buch.

Rede von Außenminister Heiko Maas vor dem Deutschen Bundestag zur Debatte „45 Jahre Schlussakte von Helsinki, 30 Jahre Charta von Paris – die OSZE für künftige Aufgaben stärken“

Die deutsche Wiedervereinigung und die Unterzeichnung der Charta von Paris vor 30 Jahren, das war ein Glücksmoment für Deutschland. Es war aber auch vor allen Dingen ein Glücksmoment für Europa; denn dieser Moment bedeutete nicht nur das Ende der Teilung unseres Landes, sondern – so wie es die Charta formuliert hat – vor allen Dingen auch die Hoffnung auf ein neues Zeitalter der Demokratie, des Friedens und der Einheit in Europa.

Tatsächlich war dieses Europa in den vergangene 30 Jahren das demokratischste, das stabilste und auch das wohlhabendste seiner Geschichte, und das auch dank der Institutionen, die es dazu gemacht haben: der Europäischen Union, des Europarats, der NATO und auch der OSZE.

Aber der Optimismus von 1990 scheint an vielen Ort verflogen zu sein. Konflikte wie zuletzt zwischen Armenien und Aserbaidschan werden mittlerweile wieder mit Waffengewalt ausgetragen und Aufrufe, die Waffen schweigen zu lassen, von den Konfliktparteien abgelehnt. Russland hat – und auch das haben wir nicht vergessen – mit der Annexion der Krim die Friedensordnungen von Helsinki und Paris ganz eindeutig gebrochen.

Und doch: Gerade für Krisenzeiten haben uns die Schlussakte und die Pariser Charta eine ganz klare Botschaft hinterlassen: Europäische Sicherheit braucht neben Verteidigungsfähigkeit und Stärke auch immer Dialog- und Kompromissbereitschaft. Für diesen doppelten Ansatz brauchen wir eben Organisationen wie die Europäische Union, die NATO und auch eine starke OSZE; denn letztlich sorgt gerade die OSZE für Stabilität in Krisenzeiten und an Krisenorten. Ihre Sonderbeobachtermission in der Ukraine zum Beispiel hilft, den aktuellen Waffenstillstand – den längsten, den wir da bisher hatten – zu sichern. Im Konflikt um Bergkarabach bietet die Minsk-Gruppe der OSZE die zentrale Verhandlungsplattform für eine wirklich nachhaltige politische Lösung.

[...]

Wie keine andere Organisation steht die OSZE für umfassende Sicherheit. Frieden und Wohlstand in Europa in den vergangenen 30 Jahren sind eben auch ein Produkt wirtschaftlichen Fortschritts, von Rechtsstaatlichkeit und der Einhaltung von Menschenrechten. Das muss man in diesen Tagen wieder betonen, gerade in Richtung Belarus, wo Herr Lukaschenko endlich zur Kenntnis nehmen muss: Ohne freie und faire Wahlen, ohne Gerechtigkeit und Respekt vor dem eigenen Volk gibt es eben keine Stabilität. Deshalb werden wir nicht aufhören, die OSZE auch in ihren menschlichen und wirtschaftlichen Dimensionen zu unterstützen, gerade auch mit Blick auf diesen Konflikt.

Meine Damen und Herren, die Welt ist heute – und das ist ja in der letzten Debatte auch schon der Fall gewesen; da ging es um viel größere Zeiträume – eine andere als 1975 oder 1990. Aber die Grundidee der Schlussakte von Helsinki und der Charta von Paris, nämlich kooperative Sicherheit als bleibende europäische Aufgabe zu verstehen, dürfen wir auch heute nicht aus den Augen verlieren. So steht es auch im vorliegenden Antrag. In dieser Überzeugung wird sich die Bundesregierung überall, wo sie kann – in den unterschiedlichen Organisationen, auf der internationalen Ebene –, einsetzen und weiter danach handeln.

Herzlichen Dank!

(Rede von Außenminister Maas vor dem Deutschen Bundestag zur Debatte 45 Jahre Schlussakte von Helsinki, 30 Jahre Charta von Paris - die OSZE für künftige Aufgaben stärken, Berlin 20.11.2020, in: www.auswaertiges-amt.de/de/newsroom/maas-45-jahre-osze/2419138 / Abruf: 10.05.2021

Meine Redeanalyse:

Cyberkriminalität in Deutschland (SB 148–149)

1 Beschreibe die Grafik.

2 a) Erkläre die Formen der Cyberkriminalität „Phishing“ und „Betrug“ mithilfe der Grafik.

b) Worin liegen die Unterschiede zwischen „Phishing“ und „Betrug“? Begründe.

3 Überlege, welche Möglichkeiten es zum Schutz vor Cyberkriminalität gibt, und notiere anhand von Stichpunkten Tipps gegen „Phishing“ und „Betrug“.

Internationaler Terrorismus (SB 150–151)

Heutzutage werden kaum noch Kriege zwischen einzelnen Ländern geführt. Der eigentliche Krieg gilt dem Terrorismus. Jedes Jahr kommt es auf der ganzen Welt zu hunderten Terroranschlägen. Sie werden aus den unterschiedlichsten Motiven verübt und verbreiten unter den Menschen Angst und Schrecken.

1 Entscheide dich für ein Land aus M 1 auf Seite 151 deines Buches, in welchem die Auswirkungen des Terrorismus „sehr hoch“ oder „hoch“ sind.

2 Recherchiere im Internet nach Terroranschlägen in deinem ausgewählten Land.

3 Wähle einen der Anschläge aus und untersuche ihn genauer. Beantworte dazu die folgenden Fragen.

Wann wurde der Anschlag verübt?

____

Wo wurde der Anschlag verübt?

____

Wer verübte den Anschlag?

____

Wie gingen die Terroristen vor?

____

____

____

____

Welches Ziel sollte erreicht werden?

____

____

____

____

Welche Folgen hatte der Anschlag?

____

____

____

____

Fotoanalyse: Klimawandel und Flucht (SB 156–157)

1 Erläutere anhand der drei Fotos die unterschiedlichen Gründe, warum Menschen ihre Heimat verlassen.

1 ____________________

Flüchtlingslager in Banda Aceh, Indonesien, nachdem 2004 ein Tsunami die Nordspitze der Insel Sumatra verwüstet hatte

Aus Weideland wird Wüste, hier in Äthiopien

2 ____________________

3 ____________________

Überschwemmungen in der indonesischen Hauptstadt Jakarta

2 Wähle eines der Fotos aus und analysiere dieses mithilfe der Schritte einer Fotoanalyse auf der Seite 154 in deinem Buch.

Konflikte: Herausforderungen, Risiken und Bedrohungen (SB 158)

Im 21. Jahrhundert gibt es eine Vielzahl von Konflikten, die nicht selten in gewaltsamen Ausschreitungen oder sogar Kriegen enden. Dabei hat gerade das moderne, fortschrittlichere Leben dafür gesorgt, dass es heutzutage viel mehr Konfliktpotenziale gibt.

1 Ordne die Begriffe und Beispiele aus dem Textkasten den Problemen zu. Mehrfachnennungen sind möglich.

2 Benenne mögliche Maßnahmen in diesen Konflikten. Begründe diese.

Armut – religiös motivierte Morde – Atomwaffen – Wüstenbildung – Cyberwar – Piraterie – Infektionskrankheiten – Bombenanschläge – Chemiewaffen – Energiesicherheit – Kriege – Bürgerkriege – Biowaffen – Hunger – Grenzstreitigkeiten – Völkermord – zerfallene Staatsgewalt – medizinische Versorgung – Korruption – soziale Aufstiegschancen – Warlords – Kampf ums Öl – Drogenhandel – Kampf um Wasser – Menschenschmuggel – Kampf um Rohstoffe – Klimaveränderung – Migration und Flucht – einseitige Justiz – Epidemien/Pandemien - Bildung

Probleme im 21. Jahrhundert	Begriffe/Beispiele	Welche Maßnahmen sind möglich/angemessen/durchsetzbar?
Wirtschaftliche und soziale Probleme		
Internationaler Terrorismus		
Verbreitung von Massenvernichtungsmitteln		
Zwischenstaatliche Konflikte		
Innerstaatliche Konflikte		

Probleme im 21. Jahrhundert	Begriffe/Beispiele	Welche Maßnahmen sind möglich/angemessen/durchsetzbar?
Außerstaatlich entstehendes Konfliktpotenzial		
Schlechte Regierungsführung		
Kampf um Ressourcen		
Staatenübergreifende organisierte Kriminalität		
Klimawandel und Umweltzerstörung		

Bewohner der Insel Kiribati im Pazifik demonstrieren vor dem Parlament in der Hauptstadt Tarawa

Ein Kind steht in der Ostukraine vor Gebäuden, die bei Kämpfen zwischen ukrainischen Truppen und Milizen zerstört wurden.

Menschenrechte (SB 170–171)

1 Ergänze die Lücken im Text mit den am Rand stehenden Begriffen.

Allgemeine Erklärung der Menschenrechte

Artikel 1

Alle ① ______________ sind frei und gleich an ② ______________ und Rechten geboren. Sie sind mit Vernunft und Gewissen begabt und sollen einander im Geiste der Brüderlichkeit begegnen.

Artikel 2

Jeder Mensch hat Anspruch auf die in dieser Erklärung verkündeten Rechte und Freiheiten ohne irgendeine Unterscheidung, wie etwa nach ③ ______________, Farbe, Geschlecht, Sprache, Religion, politischer oder sonstiger Überzeugung, nationaler und sozialer Herkunft, nach Eigentum, Geburt oder sonstigen Umständen. […]

Artikel 3

Jeder Mensch hat das Recht auf ④ ______________, Freiheit und Sicherheit der Person.

Artikel 4

Niemand darf in Sklaverei oder ⑤ ______________ gehalten werden; Sklaverei und Sklavenhandel sind in allen Formen verboten.

Artikel 5

Niemand darf der ⑥ ______________ oder grausamer, unmenschlicher oder erniedrigender Behandlung oder Strafe unterworfen werden.

Artikel 9

Niemand darf ⑦ ______________ festgenommen, in Haft gehalten oder des Landes verwiesen werden.

Artikel 12

Niemand darf willkürlichen Eingriffen in sein ⑧ ______________, seine Familie, sein Heim oder seinen Briefwechsel noch Angriffen auf seine Ehre und seinen Ruf ausgesetzt werden. Jeder Mensch hat Anspruch auf rechtlichen Schutz gegen derartige Eingriffe oder Anschläge.

Artikel 13

(1) Jeder Mensch hat das Recht auf ⑨ ______________ und freie Wahl seines Wohnsitzes innerhalb eines Staates.

(2) Jeder Mensch hat das Recht, jedes ⑩ ______________, einschließlich seines eigenen, zu verlassen sowie in sein Land zurückzukehren.

Folter

willkürlich

Land

Menschen

Leibeigenschaft

Rasse

Leben

Freizügigkeit

Würde

Privatleben

2 Die COVID-19-Pandemie hat sich seit Ende 2019 auf der gesamten Welt ausgebreitet. In dieser Zeit mussten sich die Menschen an bestimmte Regeln halten. Begründe, in welchem Zusammenhang die Einhaltung dieser Regeln mit den Menschenrechten steht.

____

____

____

____

Der Internationale Strafgerichtshof (SB 172–173)

1 Informiere dich über den Internationalen Strafgerichtshof.

2 Notiere stichwortartig in den leeren Kästchen die zugehörigen Informationen.

Zusammensetzung

Zusammensetzung	Wahl der Richter

Aufgaben

Sitz	

3 Nenne die aktuell amtierenden Richter am Internationalen Strafgerichtshof.

Der Freistaat Sachsen – wie gut kennst du dich aus? (SB 182–183)

1 Überprüfe anhand der Schulbuchseiten 182 und 183, wie gut dein Wissen über den Freistaat Sachsen ist. Kreuze die richtigen Antworten an. Achtung: Manchmal sind mehrere Antworten richtig!

1. Der Sächsische Landtag hat seinen Sitz in ...
   - ○ a) Leipzig.
   - ○ b) Dresden.
   - ○ c) Chemnitz.

2. Der Sächsische Landtag wird alle ...
   - ○ a) vier Jahr gewählt.
   - ○ b) fünf Jahre gewählt.
   - ○ c) sieben Jahre gewählt.

3. Der Sächsische Landtag wird ...
   - ○ a) von den Ministerpräsidenten gewählt.
   - ○ b) von der Judikative gewählt.
   - ○ c) wird vom Volk gewählt.

4. Der Sächsische Landtag ...
   - ○ a) beschließt Gesetze.
   - ○ b) kontrolliert die Judikative.
   - ○ c) beschließt den Haushaltsplan.

5. Der Sächsische Landtag besteht aus ...
   - ○ a) 120 Abgeordneten.
   - ○ b) 130 Abgeordneten.
   - ○ c) 140 Abgeordneten.

6. Der Sächsische Landtag gehört zur ...
   - ○ a) Exekutive.
   - ○ b) Judikative
   - ○ c) Legislative.

7. Die Sächsische Staatsregierung hat ihren Sitz in ...
   - ○ a) Leipzig.
   - ○ b) Dresden.
   - ○ c) Chemnitz.

8. Die Sächsische Staatsregierung wird geführt vom ...
   - ○ a) Oberminister.
   - ○ b) Staatsverwalter.
   - ○ c) Ministerpräsidenten.

9. Die Anzahl der Ministerien wird festgelegt vom ...
   - ○ a) Sächsischen Landtag.
   - ○ b) Volk.
   - ○ c) Verfassungsgerichtshof.

Landeswappen des Freistaates Sachsen

10. Die Sächsische Staatsregierung gehört zur ...
    - ○ a) Exekutive.
    - ○ b) Judikative
    - ○ c) Legislative.

11. Zur Exekutive gehören:
    - ○ a) Ministerpräsident, Richter, Bürger
    - ○ b) Ministerpräsident, Staatsminister, Verwaltung
    - ○ c) Staatsminister, Verwaltung, Bürger

12. Der Sächsische Verfassungsgerichtshof hat seinen Sitz in ...
    - ○ a) Leipzig.
    - ○ b) Dresden.
    - ○ c) Chemnitz.

13. Der Sächsische Verfassungsgerichtshof gehört zur ...
    - ○ a) Exekutive.
    - ○ b) Judikative
    - ○ c) Legislative.

14. Der Sächsische Verfassungsgerichtshof setzt sich zusammen aus ...
    - ○ a) 5 Richtern und 5 Vertretern.
    - ○ b) 7 Richtern und 7 Vertretern.
    - ○ c) 9 Richtern und 9 Vertretern.

15. Der Sächsische Verfassungsgerichtshof ...
    - ○ a) ist verantwortlich für den Schutz der Landesverfassung.
    - ○ b) wird vom Volk gewählt.
    - ○ c) kann Gesetze für ungültig erklären.

Sachsen und die Europäische Union (SB 188–189)

Erasmus+ ist ein von der Europäischen Union finanziertes Förderprogramm für allgemeine und berufliche Bildung, Jugend und Sport. Erasmus+ unterstützt beispielsweise gemeinsame Schulprojekte oder ermöglicht Auslandspraktika im Rahmen einer Berufsausbildung. Das Programm „eTwinning" wird durch Erasmus+ teilfinanziert.

eTwinning ist die Gemeinschaft für Schulen in Europa

Das EU-Programm eTwinning verbindet Schulen sowie vorschulische Einrichtungen in Europa. Sie finden mit eTwinning unkompliziert Partnerschulen für gemeinsame Lernaktivitäten. Auch deutsche Einrichtungen können miteinander kooperieren. Für den fachlichen Austausch mit Kolleginnen und Kollegen eröffnet eTwinning vielfältige Möglichkeiten. Das umfangreiche Fortbildungsangebot umfasst Seminare im In- und Ausland sowie Onlinekurse. eTwinning unterstützt Sie auf dem Weg zu einer medienpädagogisch und europäisch ausgerichteten Schule.

(www.kmk-pad.org/programme/etwinning.html / Abruf: 09.04.2021)

1 Erkläre das Programm „eTwinning".

Deutscher eTwinning-Spezialpreis 2020:

Das Projekt #FridaysForFuture @ Schools am Geschwister-Scholl-Gymnasium in Taucha

Im Projekt haben sich Schülerinnen und Schüler der Altersklasse 12 bis 15 Jahre mit dem Thema „Kreative Ideen für Nachhaltigkeit" beschäftigt. Inspiriert durch die junge schwedische Umweltaktivistin Greta Thunberg, deren Fridays-for-Future-Bewegung weltweit Beachtung findet, tüftelten sie an kreativen Klimaschutzideen. Die Jugendlichen waren sich einig, dass es nicht gleich weltumspannende Kampagnen sein müssen, sondern jeder seinen persönlichen Beitrag zur Rettung der Umwelt leisten kann. Also, eine erfrischende Kurzdusche statt einem Wannenbad, das Licht löschen, wenn man sein Zimmer verlässt, und öfter mal Secondhand-Artikel statt Neuware kaufen. Über ihre Vorschläge stimmten sich die Projektpartner aus Deutschland, Italien, Spanien, Bulgarien und Moldawien in Videokonferenzen ab und stellten sie in sozialen Netzwerken vor. Greta Thunberg wäre zufrieden mit ihnen, waren sich die engagierten Klimaschützer einig und schrieben zum Abschluss ihrer Zusammenarbeit eine E-Mail an ihr Vorbild. Als gemeinsame Sprache nutzten die Projektpartner Englisch.

(www.kmk-pad.org/index.php?id=1113 / Abruf: 09.04.2021)

2 Beschreibe das Projekt „FridaysForFuture @ Schools".

Strukturfonds in Sachsen (SB 192–193)

Die EU-Regionalpolitik ist eine Investitionspolitik. Sie unterstützt die Schaffung von Arbeitsplätzen, Wettbewerbsfähigkeit, Wirtschaftswachstum, Verbesserung der Lebensqualität und nachhaltige Entwicklung.

Wo fängt gesunde Ernährung an?

Na klar, im Kopf! Katerina Krejcova ist Fitnesstrainerin und Diätassistentin. „Neben Fitness und Yoga biete ich auch Ernährungsberatungen und Kochkurse an", erzählt die Chemnitzerin. Dabei wollten viele Eltern von ihr wissen, was sie beachten müssen, wenn ihr Kind eine Nahrungsmittelallergie hat. „Also habe ich mir durch eine vom Europäischen Sozialfonds finanzierte Weiterbildung im Helios Klinikum Berlin neue Kenntnisse über den Umgang mit Allergien und Unverträglichkeiten geholt." Dank Europa hat sie jetzt das richtige Fachwissen, um besorgte Eltern zu beraten.

(www.strukturfonds.sachsen.de/wo-faengt-gesunde-ernaehrung-an.html / Abruf: 09.04.2021)

Berufsorientierung

Praxisberaterin Anja Seidel hatte an der Oberschule Rechenberg-Bienenmühle einen Berufsorientierungstag organisiert: „Das war ein voller Erfolg", berichtet sie. Insgesamt 23 Unternehmen nutzten an einem außergewöhnlichen Schultag im November 2018 eine Unterrichtsstunde, um ihren Betrieb und über 50 Ausbildungsberufe vorzustellen. „195 Schülerinnen und Schüler haben teilgenommen", erzählt Seidel: „Die Präsentationen waren sehr praxisnah: Ein modernes Umweltlaboratorium führte im Chemieraum Experimente durch, eine Hoch- und Tiefbaufirma ist sogar mit einem Minibagger gekommen." Die Jugendlichen konnten sehen, wie viele spannende Berufe es in ihrer Region gibt. Anja Seidels Stelle bei ihrem Arbeitgeber, dem VBFA e. V. Chemnitz, wird vom Europäischen Sozialfonds mitfinanziert.

(www.strukturfonds.sachsen.de/ein-toller-berufsorientierungstag.html / Abruf: 09.04.2021)

Erweiterung des Elsterradwegs

Auch der Bau eines straßenbegleitenden Geh- und Radwegs von Möschwitz bis zur Talsperre Pöhl wird im Rahmen der EFRE-Förderung mitfinanziert. Im Anschluss ist eine Erweiterung vom Pöhler Kletterwald bis zur Talsperre geplant. „Die Strecke ist Teil des Radfernweges Elsterradweg. Durch die Trennung vom Autoverkehr wird die Sicherheit für Fußgänger und Radfahrer erhöht", erklärt Peter Hegenbart vom Landesamt für Straßenbau und Verkehr. Der Weg soll die Bürgerinnen und Bürger auch dazu animieren, häufiger aufs Rad zu steigen – um den Autoverkehr zu entlasten und den CO_2-Ausstoß zu verringern.

(www.strukturfonds.sachsen.de/freie-fahrt-fuers-rad.html / Abruf: 09.04.2021)

Energiefresser ersetzen

Die alte Straßenbeleuchtung in der Kernstadt von Schkeuditz sowie in den Ortsteilen Dölzig, Glesien und Wolteritz bestand aus energiefressenden HQL- und NAV-Lampen. „Die Kosten für die Straßenbeleuchtung im städtischen Haushalt waren zu hoch, das war nicht wirtschaftlich", berichtet Lothar Dornbusch, Erster Beigeordneter und Bürgermeister der Stadt Schkeuditz. „Deswegen haben wir, unterstützt von EU-Fördermitteln, im vergangenen Jahr mehr als 500 Birnen durch moderne und energieeffiziente LED-Leuchten ersetzt." Die Stadt spart dadurch jährlich fast 44.000 Euro Stromkosten und erreicht eine Verringerung der CO2-Belastung von 97 Tonnen pro Jahr. „Noch sind nicht alle Straßenlampen in Schkeuditz ausgewechselt. Damit wir im nächsten Abschnitt weitere Leuchten ersetzen können, werden wir uns erneut um Fördermittel bemühen."

(www.strukturfonds.sachsen.de/wo-faengt-gesunde-ernaehrung-an.html / Abruf: 09.04.2021)

1 Suche dir ein Projekt aus und stelle es in der Klasse vor.

2 Recherchiere weitere ESF- und EFRE- Projekte in Sachsen und berichte.